ラブレター

日月　あみ

接　近

ふたりの出会いは決して、偶然ではなかったのだと――

たとえ遠く離れていても
あなたと私は交信しあってます

もう何十年も一緒にいるみたい

こんなにもたくさんの人達を
感動させることができるあなたは
すごい魔術師だわ

今　ひとつ　生まれる奇跡
あふれるたくさんのパワー
たくさんの愛

「僕の一生のうちのいちばん重要なできごと
それは君に出会えたこと」

あなたのそういうところも、そういうところも、
すごく好きなんだけど、
やっぱりあの人を好きなあなたが
いちばん好き

他人の喜びや悲しみを自分のことのように
感じるということを初めて知った
いわゆる彼らのことで、自分の感情が左右される
つまり彼らが自分の生活の一部になっているのだ

ほんの一夜のときめき
その扉をくぐったら、まるで別世界に
飛び込んだみたい
ほんの短い時間のバイタリティー
その時、心がひとつになる何かを感じたのです
今思えば、あれは夢だったんじゃないかと思うほど
儚い時間でした

テンションが高くなればなるほど
大きくふくらんで、膨張し続け、
それは明らかに目で見えるちから

「もし君が僕のそばからいなくなったら、
きっと泣いちゃうかな」

私はここにいるのに
いくら叫んでも届かない
私がここにいることも
私がどれだけ想っているかも
私というひとりの存在さえも知らない

気づいてもらうことも、ない

すぐそこにいるのに
なぜかとても不思議に感じた
目の前にある現実なのに
信じられなかった
まるで幻のようなできごと

どこか闇の中に引き込まれていくように
あなたのつくりだすものは
私達をみちづれに、深く無限大の世界へ
連れてゆくのです

このどうしようもない気持ちを
あなたと分かちあいたい

お互いに支えあえたらどんなにいいか

「僕達の相性はいつも80％以上だね」

もっと早く本当のあなたを知っていれば
いままでの私の生活はかなりかわっていたと思う

「君は僕から見れば、
信じられないようなことをしてきた
すごくめずらしい人だし、
君にしたらやっぱり、僕はかわった生き方を
してきためずらしい人だと思うんでしょ？
僕たちはまったく正反対のような
生活をしてきたんだね
今こうして一緒にいることは
奇跡に近いと言ってもいいくらいなのに」

あなたの言葉には

たくさんの深い意味が含まれているから

一言たりとも聞き逃さないようにしているの

私はあなたに幸せを与えているか、
ふいに、ちょっぴり不安になる

そしてふたりは強くしっかりと抱きしめあい、
お互いの存在を確かめるように
やさしく小さな口吻《くちづけ》を幾度となく交わすのです

ふたりの行き着く先には、
もう迷いや戸惑いなど何ひとつなかった

あなたとの初めてのページを
アルバムのように貼りつけておきたかった

楽しかったあの頃に戻れたらいいのにね

ねぇ　一緒に遊園地行こうよ
ねぇねぇ　これ見てよ、おかしいよこれ
ねぇ　聞いてるの？　ねぇってば

私があの頃本当に欲しかったものは
あなたの言葉だった
「好きだ」って言ってほしかった
ただそれだけだった

さりげない愛がひしひしと伝わってくる

あのね　私が望んでいることは、
別にあなたの彼女になりたいとか
あなたとどうこうなりたいとか
そんなことじゃないの
きっと理解してくれる人は少ないと思うけど、
なんていうのかな、そういうんじゃなくて
つまり、私の思っているような人で
あってほしいってこと
そうであれば十分なんだ

それでも純粋に愛してます

確かにふたりだったあの頃が
今は　私もあなたも忘れられた恋
思い出だけ置いてきぼり
忘れられたふたり
もう一度思いだして下さい

いちばん恐れていたことが
思ってたより早くきた
しかも突然にやってきた

お互いが長くやっていくためには
いかに信頼できる相手であるか
いかに尊敬できる存在であるかどうか

つまり「愛すること」というのは
あなた達のようなことをいうのだと思う

幸せそうなふたりを見ることによって
私の願望は満たされるから、
だからずっとそのままの関係でいてほしい

ふたりがふたりで幸せなら、それでいい

すごく優しいしゃべり方をするんだね

いつもえしゃくだけのあいさつ
その時の君の笑顔にはいつも
「ありがとう」っていう意味が
含まれているような気がする

その魅力にもっともっと早く気づけばよかった

「僕にはやっぱり君しかいない
君と相性ぴったりなのはこの僕だけ」

私のこの気持ちは行き場をなくして
ただ彷徨っているだけである
このどうしようもないくらいのあふれる想いを
一体どうしたらよいのだろうか
胸をしめつけるような、そして大きな孤独感が
波のように押し寄せてくるのだ

離れていかないで

近づこうとすればするほど遠くなっていく

この逆境を乗り越えたら
きっとまた素敵な何かが待っているような

「君に出会ったことは
無駄ではなかったと心から思える
少なくとも刺激のなかった僕の生活に
ときめきを与えてくれた
ちょっとオーバーかもしれないけど
決して嘘じゃないんだよ」

お互いがお互いに
疲れをいやしてくれるから、
一緒だからこそほっとする場所がある

いつも君を感じていたい

決して手に入れることのできないものを
こんなにも欲しがる
いつか歩道橋にのぼったら
青い空がすぐ近くにあった
雲なんて手でつかめそうなくらい
近くにあったのに、
歩道橋からおりたら
やっぱりいつもと同じ空で
その青さがやけに遠く感じた
そんなことと同じで、ソレに近づこうとがんばって
一瞬近づけたという幸福感を覚えるが、
結局距離は縮んでなくて
手に入れることはおろか
触れることもできないという、
まるで遠い存在にあるのだ

それでも私はその一瞬の幸福を求め続ける

驚異的とも言えるその偉大なパワーには
すさまじいものがある
私の体をかけぬける快感とも似た心地よさを、
あなたはいつも教えてくれた
それがなんと喜ばしいことだろう
しかしあなたは少しの間 羽根を休め、
今　ひとり歩きを始めようとしているのだ

そしてあなたは、スポットライトをあびたまま
沈黙してしまうのです

ああ　とうとう別々の道を歩んでいくんだね
別々の未来に向かってはばたいていくんだね

もうかえられない現実
受けとめるしかない事実

あの頃のふたりは
二度と見ることはできない

あなたと同じように
私にとってもすべてだったの

私には卒業なんてできない

あなたにとって、それはとても
勇気のいる決断だったでしょう
そんなこと痛いほどわかってるの

たくさん悩んで考えたこともすべて

あなたの気がすむまでやりとげたら
必ずここに戻ってきてね
そして成長したその姿を見せてね
笑顔で私を迎えいれてね
そのために応援しているんだから
そのために今こうして我慢しているんだから

みんな周りの環境に流されて
大切なことをどんどん忘れていく
語りあったあの夏さえも

君の笑顔とか、君の姿を見てしまうと
あのこと、どうしても許してしまう

「接　近」

引き合うはずのふたつの運命の光が
この日までにずっと彷徨い続け、
やっとここにひとつの光となって姿を現したのです
誰のためでもなく、このひとつの光のために
このひとつの運命のためだけに、
ふたつの光は巡り合ったのです

この真っ白なノートに
なんの気なしにペンを走らせている
ただあふれんばかりのこの想いを
ここに書きとどめるために

どうもありがとう
ただ　今は　感謝の気持ちでいっぱいです

この透きとおるような青い空を眺めていると
くすぐったいような切なさ

雲からのぞくたいようの光

恋愛にはそのふたりにもわからない
深い謎がたくさんある

どんなに欲しいものを手に入れても
本当の幸せは手に入れられなくて
本当の幸せを感じることができない

確実に時は過ぎてゆく
一時も止まることなく流れ続けている
それが楽しいものでもあるし、悲しいものでもある

あの時そこで時が止まって
ずっと幸せを感じていたかった

とっても素敵な声だった

とっても素敵な笑顔だった

あの夜はその日に消えてしまったんだよね

あなたの声

もう聞くの、こわい

かわるとしたらきっとあなたの心だけでしょう

私の最高の喜びは
あなたに愛されることだから
私の本当の幸せは
永遠にやってこない

何かわからないけど、今がすごくつらい
何かわからないけど、なぜか涙が出てくる
今の自分には一体何が必要なのかがわからない
一体何をしたらいいのかさえも

それはたぶん
情けなくてダメな自分に対しての
くやし涙

何万分の一の存在

そんな無力でちっぽけな自分に気づく

大勢という孤独感

こんなにも遠い距離
こんなにも届かない心
どうしようもない存在

どうか私に気づいて

この社会の流れについていけないような、
これから生きていくことの恐怖
意味のないような自分の存在
大きな孤独感に襲われた時、
それらにひどく怯えるのです
存在しない誰かの会話に
怖いくらいのざわめきを感じて、
思わず耳をふさぐのです
そしてやっぱり今日も、
すべてが意味のないようなことに思えてくる

自由に自分のやりたいことを
のびのびとやっている人を見ると
自分の情けなくてみじめな姿を
まざまざと思い知らされた夜だった

いいの？
あなたのことこんなに好きになってくれる人なんて
もう二度と現れないかもしれないんだよ

あなたさえそばにいれば
何も怖くない
すべてを捨ててもかまわない
本気でそう思える

私　そんなできた人間じゃないから
そんな突然のできごとに「じゃあ、がんばって」
なんて　笑顔で言ってあげられないよ

「淋しくなったら　つらくなったら
僕のところへおいで
いつでも支えてあげるから
いつでも僕が支えてあげるから」

嘘つく人って怖い
平気な顔して人を裏切ることができる
傷つけていることにさえ気がつかない
そういう人って指切りげんまんしても
した後にはもう忘れちゃってるんだよね

無責任な言葉は言わないで
守れない約束ならしないで

「その壊れそうな白くて小さなからだも
子供のようなこころも
無邪気なその笑顔も
すべて、オレが守っていきたいもののひとつ」

もう誰も信じられなくなりそう

「僕を喜ばせてくれたたくさんの言葉たち
すべてが嘘だったんだね
ずっと君にだまされていたなんて
君が嘘の優しさなんてくれなかったら
僕だってうぬぼれなくてすんだのに」

期待やうぬぼれのカンは
ちっとも当たらないのに
いやーなカンはほんとによく当たってくれる
そのたびによく、高い高い崖の上から
突き落としてくれるんだ
なんで嫌なことだけには
こんなにもカンが働くんだろ
ヒドイ仕組みだよ

いつでもあなたのことを
どこかで想っている人間がいる
愛してる人間がいる
それはあなたにはどうでもいい
不必要な愛
あなたがこの気持ちを知ってしまったら
あなたは私をおそれてしまう

苦しくなるほど好きになりたくない
切なくなるほど好きになんてなりたくなかった

私の悩みはとてつもなく重いから
そう簡単に口には出せない

ワタシ　なんでここにいるんだろう
ワタシ　ここで何してるんだろう
ワタシはダレ？
周りにいる人達はダレ？
トモダチってナニ？

他人の気持ちや悲しみや喜びを
自分のことのようにわかってあげることなんか
できない
結局たった独りで生きているんだから

私は本当に情けなくて

ダメな人間だから

何に関しても本当にダメなんだ

ずっと一生懸命考え、生きてる

ヒトのことさぐられたくない
自分のこと自慢のネタなんかにされたくない

かなり性格かわったかな

あなた　少し　うぬぼれすぎ

大事なことはいつもそうやって
上手にはぐらかすから、
いまだにあなたが私のことを
どう思っているかわからない

こんな気持ちのまま
ふたりともばらばらになって

好きになってほしいなんて言わない
だけどせめて嫌いにならないでほしい

こんなに淋しくてくずれそうな夜に
守ってくれる人も
支えてくれる人も
私には誰もいない

なんか、つまんない
こんな生活でいいのだろうか
これで正しいのだろうか
何か、違う
何かが足りない
何かもっと、今やらなきゃいけないことが
他にあるような気がする
それがなんだかわからないけど
とにかくこのままじゃいけない気がするんだ

劣等感のかたまりの自分を
他の誰かにあてることで、
そのつかの間
安心している自分に気がつくのだが、
他人にあてた自分の劣等感が
あとからあとから何倍にも大きくなって、
結局　自分に戻ってくることに
更に、みじめな自分の姿を思い知らされてしまう
やっぱり自分が誰よりも劣っていて
何もとりえのないダメな人間

「ねぇ　ねぇ　今日の目玉焼き
こんなに上手な半熟に作れたんだよ」

そう言った私をそっと抱きしめて
やさしくほほえんで

人間は不思議なことに
ショックの限度をこえると
こんなにも冷静になれるのね

つらい想いしたぶん
涙流したぶん
その分だけ
幸せになれる？

こんなひどい顔
本当は誰にも見られたくない
そんな自信のない自分
笑った自分の顔に笑っちゃうよ

いつまでもずっと現実逃避できたらいいのに
憧れの中で生きていたい

いっそのこと私にかかわるすべてのものが
なくなってしまえばいいのに
めんどくさい人間関係や
複雑な社会や
モラル的な生き方や　すべてが
もう　いやだ
何もかもすべてがうざったい時がある
街を歩いている人間にさえも

そして自分もすーっと空気に溶けてしまいたい
このまま消えてしまいたい

結局　無力で無意味な私は
動きだすことができず、
そのもどかしさに
うちふるえることしかできないのです

私　あなたの愛情にふさわしい
オンナになるように努力するから
自分をもっと磨くから

未練がましいかも

内面的なことは目で見えないからこそ
わかりあった時の価値が大きい

あの頃のあなたに恋したはずなのに・・・

勝手に人の幸せなんて願ってほしくない

「偽善者」私にぴったりなコトバ

常識　理屈　規則　個性
だからなんなの
それに従ってる自分もなんなの
この縛られた社会から思いきり脱線してみたい
それもできない自分はなんなの

たとえ私ひとりがこの世から消えても
中央線はいつもと同じように走り、
いままでと同じいつもの生活が始まる
時だけは何もかわらず確実に過ぎていくだけだ
私ひとりが消えても
なんてこともなくどうなることもない
他の人にとってはいつもとかわらない
同じ朝が待っているだけなんだ

私を独りにしないでよ

「僕は一生孤独に、
今とかわらぬ状態で
ひたすら君のことを想い続けているでしょう
君が誰のことを愛していようと
誰と一緒に過ごしていようと
僕が大人になっても
おじいちゃんになっても
きっとかわらず」

私達が大人になっていくほどに
その恋は色褪せていった

そこには私とあなただけの思い出が
たくさんつまっていました

一瞬のやさしさが嬉しいように
一瞬のやさしさが切ない時もあるんだよ

ひとつのベッドにふたつのまくら

ひとりじゃ寝られない
究極のさみしがりやさん

久しぶりに逢えて嬉しかったのに、
最後に残ったのは
ショックと切ない想いだけでした

ジョークにしてもジョークにならない
そんなあなただから
私だけがわかってる
みんなにはきっとわからない

君は世界でひとりしかいない
だからチャンスも一度だけだと思うんだ

誰のためでもない
すべて君のためにしていることなんだ

想いがつのるたびに
ぜいたくになっていく私

恋をしている人は
必然的に
あらわな　詩人

わかったふりなんてされたくない

私はもう疲れました
すべてのことから解放されたい

将来へのあせり
みんなが少しずつかわっていく不安
未来のことはおろか、明日の希望さえもうかばない
前へ進む道はいつだって通行止め
孤独で立ち往生している私に
希望の一本道を

私はすごく弱い人間だけど
もしあなたがどうしようもなくつらくて
私を必要としてくるなら
それを受けとめ、支えてあげられるような
強さを持ちたい

自由になりたい

この時間だけが刻々と過ぎてゆく

今しかできないことをしたいと思う
なんでもやりたいことができるのは今しかないんだ

「雲からのぞくたいようの光」

雲からのぞく太陽の光

明日は快晴だって
天気予報で言ってたよ

涙の奇跡

遠い明日の空に奇跡を投げかける
涙の理由《わけ》を信じて、
未来へバトンタッチする

伝えたくても伝えられない言葉がたくさんあります
伝えたくても伝わらない気持ちがたくさんあります
聞きたくても聞けないことが星の数ほどあります
悲しい想いがいっぱいです

まっすぐあなたというひとりの人に出会えてよかった

恋人の胸の中につつまれて

心をあずけて

安らぎをもらって

つかの間

孤独や恐怖を忘れて

小さく眠りにつくその瞬間

あの夜さえなかったら
今　私達　きっとつきあってたよね

忘れるということ

家に行けばあの人はいるだろうに
電話をすればあの人はでるだろうに
この空の下のどこかで、
あの人は何かを見つめ、何かを考え、
存在しているはずなのに、
あなたが存在している事実に
こんなにも不思議な感覚がするのは
なぜだろう

離れるということ
忘れるということ

こんなに近くにいるのに
手で触れられるくらい近くにいるのに
どうしてこんなに心は遠いの

あなたのいない未来なんていらない

季節を運んでくる風を肌に感じると、
どうしてもあのこと思いだすから
そういう時、大事な人に会いたくなる
でも大事な人に会うと、あのこと、
こわれちゃいそうなの

私の中で永遠に輝き続ける
あなたのすべて
たくさんの奇跡たち

ささのはに色とりどりの願いごと
天の川にさえぎられ、流されて、
この七夕を最後に
ふたりは引き離されてしまうのだった

そして　おりひめとひこぼしは
永遠に逢えなくなってしまった

あなたの家の住所を
履歴書に書くだけで、
バカみたいに喜んでた
あの頃の私

私は私のわがままや気まぐれで
あなたを受けとめなかった
あなたの大きさを受けとめてあげられなかった

最初から最後まで後悔ばかりの恋でした。

「恋愛ごっこはもう終わりにしようよ
僕はやっと気がついたんだ
この現実に」

かわいたキス
鳴らない電話
冷たい声
空っぽの態度
真っ白な予定

どうしてそんなにかわってしまったの？
人の心ってそんな簡単にかわるものなの？

これから先　何十年時がたとうと
あの頃の思い出を
あの日の出来事を
あの時の気持ちを
決して忘れることはない

私の手を握った時
暗闇の中でこっそりキスをした時
あなたの瞳《め》には何が映った？
抱きしめた私のうしろには何が見えた？
そこに私は存在してた？

死んでもいいと思った
ほんとはそんなことどうでもいいこと
たとえどんな理由であれ、あの瞬間の夜
私は幸せだった
私が幸せだったから
そのまま死んでしまいたかった

自分のあまりにも弱くてだめな姿を
これでもかってくらい見せつけられて、
自分の強さに気がついた
私はこんなにやりたいことがあったのかと
いままでの視野の狭さに
離れてみて大人になっていた心に
たとえ無理にそう思おうとしているとしても
そしてあなたもきっと同じことを
感じているのでしょう

こういう結果になったことが
よかったんじゃないかって、
そんな大人びたこと思うことなんて
ずっとできないけれど、
そんな簡単なことに気づいた自分が
ちょっぴり好きです

あったかいその大きな手で
私の愛をいっぱいつつんで

人間ってどうしてこんなに弱くて
もろいものなんだろう　と思った
なんでこんなにも涙が出るんだろう　と思った
目覚めたばかりの空っぽの頭でも
涙だけは出てくる
理由なんてわかってるけど

目覚めた時、今あなたがとなりにいてもきっと涙
キスしても抱きしめられてもきっと涙
これからはすべてが悲しい涙

いつの間にか
私の愛があなたの愛を追い越しちゃったみたい

彼女のことを話してたあなたの顔は
とても幸せそうだった
あなたをあんな表情にしてあげられる
彼女のことがうらやましかった
私にはできなかったことを
いとも簡単にしてあげられる
彼女のことがうらやましかった
そんな素敵な彼女を、
私が追い越せるわけないんだ
あなたが選んだ人に、
私が追いつけるわけがない

そんな彼女の存在で、
やっぱり私じゃだめなんだってことを、
やっとはっきり納得させられたのです
私はあなたをあんな表情にしてあげることは
やっぱりできないんだってことを、
やっとはっきり認識させられたのです

自分がどんなにつらくても
どんなに傷ついても
どんなことをされようとも
何も言わず、何も求めず、
ただひたすら応援し続け、
その人の成功と幸せを願う
たとえこの強さが
残酷なものであろうとも
こうすることが自分の喜びとなる
究極の愛・・・？

さよならあなた
一瞬のときめきをありがとう
眠れない夜をありがとう

噓つきなあなたに
たくさんの皮肉を差し上げます
どうぞ受け取って下さい

あなたの恋は動いてたんだね
あなたの世界は動いてるんだね

誰とどこにいても
何もかもすべてが
あなたにつながってしまう

テレビを見ていても
ごはんを食べていても
寝返りをうっても
目覚ましが鳴っても
言葉や行動のひとつひとつにさえ

あなたの胸は居心地がいい
安心して羽根を休められるところ
すべてのものから解放されて

今すぐここで君を抱きしめたい

悪い夢っていつまでたっても覚えてるのに
いい夢って結構すぐ忘れちゃうよね
それは日常の中でもおんなじで、
つらいことはいつまでたっても忘れられないのに
覚えていたいことはすぐに色褪せちゃう
例えば　体のぬくもりとか
唇の感触とか
手のひらのあたたかさとか
大切な言葉だったり
やさしい気持ちだったり
思い出も全部
人間の記憶ってそんなもの

つらいことで胸が痛むのは
ほんとに心に傷がついているから
なおっても傷跡はずっと残ってる

なんて残酷なひと

あなたのいない人生は
何よりもつらく、淋しく、
不安で不安で
あなたのいないこれからに
恐怖さえ覚えてしまう
一日がとてつもなく長く、
空白の未来

あなたの声が聞きたいの
あなたの瞳《め》に映っていたいの

ただ　ただ　逢いたい、逢いたい、逢いたい

あなたはあなたの愛する人のためにこうしたのね
愛する人を悲しませないために
愛する人を幸せにするために
そして私のことなどすぐに忘れてしまうのね
私はこれから一生孤独に生きていくことを
覚悟しなければなりません
あなたと過ごした春も夏も秋も冬も
繰り返し何度やってこようと、
今とかわらぬ気持ちで、
ずっと孤独と戦っていかなければいけないのね
あなたが誰とどこで何してようとも

人を傷つけることができる人って強いと思う

あなたと同じ立場になった今なら、
私といた時のあなたの気持ちがよくわかる
よくわかってしまったその瞬間、
私は愕然とした

勇気をだして信じても
だめなものはだめ

いままで自由に触れられた
あなたの指も頬も唇も
今　そんな権限が私にはない
あの頃あたりまえのように
触れられたあなたなのに、
行き場をなくしてる私の指が
どうしようもなくもどかしい
今は私じゃない誰かが、
あなたにあたりまえのように
触れているのね
あなたもあなたのそのやさしい手や
やわらかい唇で、
私じゃない誰かに
あたりまえのように触れているのね

あなたと過ごした季節を
迎えようとしている
これから独りの季節が
何度めぐってこようと、
私はあなたのことを
いちいち思いだしてしまうでしょう

ときめきだらけの
凝縮された時間
ついつい思いだしてしまうと
すーっとブラックホールの渦巻きに
吸い込まれてしまう
そこはとても深く暗く孤独な場所で、
呼吸もできず、胸がひきちぎられ、
言い表せないほどの苦しさに襲われる
とにかくその痛みにたえてたえて
ただ気体の流れに身をまかせるしかないのだ
やっとのことで戻ることができても
頭はマヒし、足元もおぼつかず
その場にしゃがみこんでしまう
いつまでこんなつらい想いをするのだろう
誰か私をここから連れ出してほしい
それよりはるかに強い、ある引力で
早く私を引きつけてほしい

ああ　今夜も気が狂いそう
何かに押しつぶされて
眠れそうにない
あなたにはわかる？
きっともう忘れてしまったこと

私はあなたの思い出のひとつひとつの
言葉や表情や行動や
景色や音や色や
食べた物も
あなたの体温でさえ
全部忘れずにはっきりと覚えているのに
あなたには記憶の空白がいくつもある
それが想いの深さの違いなのだろうか
あなたはいつだって遠くに行ってしまうから
今あるこの場所に連れ戻すことはできないのだろうか
とすれば、過去の記憶も思い出も

あなたにとっては、

その場に降っては消える粉雪のよう

独りにはもう慣れたけど、
あなたに愛されない限り
永遠にこの孤独感は続く
もう一年もたつのに
いまだにあの頃と同じ朝
いいえ、まだ一年なのね
まだ昨日のことだったんだ

乗り越えられると思ってた
強くなれると思ってた

私のこんなところまで深く好きになってくれる人が
いつかは現れるだろうか

あなたを殺したい
あなたを殺してしまうわ
それならば私を早く殺して
あなたの体のすみずみまで
私の真っ赤な血で染めてあげる
まるできっと深紅のバラに見えるわ
あなたの棘に刺さって
私は美しく幸せに死ねるの

弱さという強さ

強さという弱さ

人に弱さを見せることができる強さ

人に強さを見せてしまう男の弱さ

流れゆく時の中で

あなたにどんどんおいていかれてしまう

これ以上離れてしまいたくない

負けたくない

今度こそ、あなたが差しのべるその手を

ぎゅっとつかんでみせる

口に出さなくても
あなたは私のこと理解してくれる
前置きも長い説明もいらない
私のこと本当にわかってくれるのは
あなただけだから
これからもずっと

そうだったんだ
私はひとりの人間として
あなたに認めてもらいたかった
私という存在を認めてほしかった
それが私の本当の望みだったんだ

目覚めたとたんに襲われる恐怖、
それは何事もなかったかのように過ぎ去り
忘れてしまうのだった

私は私を知っている誰かと話すことで
自分の存在を確認しなければ
すぐに自分を見失いそうになる
私はこの世にいなくても
いいのではないか
私の存在はこの世に
必要とされてないのではないか
そんな不安にかられる
そして今日も自分の存在を確保しなければ、
無造作におかれたこの空間に
押しつぶされそうになるのだ

ひとりで迎える朝をずっと味わっていると
あの幸せだった時が自分にもあったってことが
想像や夢でしかなかったんじゃないかって
妙に否定的な気持ちになってくる

今日のことだって
人生の中ではちっちゃな出来事

この届かない願いに
この叶うことのない恋に
どうか、奇跡をおこして

今度生まれかわっても
きっとまたあなたと出会うでしょう
今、このことよく覚えておくわ
次こそ舞い降りてくるあなたを
しっかりこの両手で受けとめるの
長い長い年月をかけて
遠回りをして
やっとふたりの愛は完結するはず

来世で逢いましょう

いつかまたあなたと会える日がくるまで
あなたに負けないくらい
魅力的な人になっていたい
そんな自分の姿を見てもらいたいから
だから今は、あなたの言葉を信じて
とにかくがむしゃらにがんばろうと思うのです

笑顔ってすごく必要だよね
すごく大切だよね

うん、それっていいかもしれない

「涙 の 奇 跡」

あなたのことが、壊れるくらい好きで好きで
いままで私の心をしめつけてきた
苦しさや悲しさは、
何か透きとおったやさしい気持ちにかわって
私の体から流れ出しました
この涙は奇跡となって
私の胸の中で輝き続けることでしょう

あとがき

本書の刊行にあたりご協力してくださった文芸社編集部の皆様、そして表紙のデザイン及び、たくさんのアドバイスをくださった鈴木正教さん、皆様の多大なご協力の上、すばらしい作品に仕上げることができたと思います。

そしてこの本を読んでくださったみなさん、私の作品に少しでも興味を持っていただいたことをうれしく思います。

これからも素敵なものを、小さな気持ちを、いろいろな形で表現していきたいと思っておりますので、どうぞよろしくお願い致します。

この本を通してみなさんに出会えたこと、そして再び出会えることを信じて、

これからの作品に託していきたいと思います。

ありがとうございました。

日月　あみ

ラブレター

2000年9月1日　初版第1刷発行

著　者　日《ひ》月《づき》あみ
発行者　瓜谷綱延
発行所　株式会社文芸社
〒112-0004　東京都文京区後楽2-23-12
電　話　03-3814-1177(代表)
03-3814-2455(営業)
振　替　00190-8-728265
印刷所　株式会社平河工業社

※本文中の余白は、詩の構成上設けられたものです。

ISBN 4-8355-0590-5 C0092